Alianza Cien
pone al alcance de todos
las mejores obras de la literatura
y el pensamiento universales
en condiciones óptimas de calidad y precio
e incita al lector
al conocimiento más completo de un autor,
invitándole a aprovechar
los escasos momentos de ocio
creados por las nuevas formas de vida.

Alianza Cien
es un reto y una ambiciosa iniciativa cultural

TEXTOS COMPLETOS

CARLOS FUENTES

Aura

Alianza Editorial

Diseño de cubierta: Ángel Uriarte

© Alianza Editorial, S. A. Madrid, 1994
Calle J. I. Luca de Tena, 15, 28027 Madrid; teléf. 741 66 00
ISBN: 84-206-4626-1
Depósito legal: B-13103-94
Impreso en NOVOPRINT, S.A.
Printed in Spain

A Manolo
y Tere Barbachano

El hombre caza y lucha. La mujer intriga y sueña; es la madre de la fantasía, de los dioses. Posee la segunda visión, las alas que le permiten volar hacia el infinito del deseo y de la imaginación... Los dioses son como los hombres: nacen y mueren sobre el pecho de una mujer...

JULES MICHELET

1

Lees ese anuncio: una oferta de esa naturaleza no se hace todos los días. Lees y relees el aviso. Parece dirigido a ti, a nadie más. Distraído, dejas que la ceniza del cigarro caiga dentro de la taza de té que has estado bebiendo en este cafetín sucio y barato. Tú releerás. Se solicita historiador joven. Ordenado. Escrupuloso. Conocedor de la lengua francesa. Conocimiento perfecto, coloquial. Capaz

de desempeñar labores de secretario. Juventud, conocimiento del francés, preferible si ha vivido en
Francia algún tiempo. Tres mil pesos mensuales,
comida y recámara cómoda, asoleada, apropiada
estudio. Sólo falta tu nombre. Sólo falta que las letras más negras y llamativas del aviso informen:
Felipe Montero. Se solicita Felipe Montero, antiguo becario en la Sorbona, historiador cargado de
datos inútiles, acostumbrado a exhumar papeles
amarillentos, profesor auxiliar en escuelas particu-
lares, novecientos pesos mensuales. Pero si leyeras
eso, sospecharías, lo tomarías a broma. Donceles
815. Acuda en persona. No hay teléfono.

Recoges tu portafolio y dejas la propina. Piensas
que otro historiador joven, en condiciones seme-
jantes a las tuyas, ya ha leído ese mismo aviso, to-
mado la delantera, ocupado el puesto. Tratas de
olvidar mientras caminas a la esquina. Esperas el
autobús, enciendes un cigarrillo, repites en silencio
las fechas que debes memorizar para que esos ni-
ños amodorrados te respeten. Tienes que prepa-
rarte. El autobús se acerca y tú estás observando
las puntas de tus zapatos negros. Tienes que prepa-
rarte. Metes la mano en el bolsillo, juegas con las
monedas de cobre, por fin escoges treinta centavos, los aprietas con el puño y alargas el brazo para
tomar firmemente el barrote de fierro del camión

que nunca se detiene, saltar, abrirte paso, pagar los treinta centavos, acomodarte difícilmente entre los pasajeros apretujados que viajan de pie, apoyar tu mano derecha en el pasamanos, apretar el portafolio contra el costado y colocar distraídamente la mano izquierda sobre la bolsa trasera del pantalón, donde guardas los billetes.

Vivirás ese día, idéntico a los demás, y no volverás a recordarlo sino al día siguiente, cuando te sientes de nuevo en la mesa del cafetín, pidas el desayuno y abras el periódico. Al llegar a la página de anuncios, allí estarán, otra vez, esas letras destacadas: *historiador joven*. Nadie acudió ayer. Leerás el anuncio. Te detendrás en el último renglón: cuatro mil pesos.

Te sorprenderá imaginar que alguien vive en la calle de Donceles. Siempre has creído que en el viejo centro de la ciudad no vive nadie. Caminas con lentitud, tratando de distinguir el número 815 en este conglomerado de viejos palacios coloniales convertidos en talleres de reparación, relojerías, tiendas de zapatos y expendios de aguas frescas. Las nomenclaturas han sido revisadas, superpuestas, confundidas. El 13 junto al 200, el antiguo azulejo numerado —47— encima de la nueva advertencia pintada con tiza: *ahora* 924. Levantarás la mirada a los segundos pisos: allí nada cambia.

Las sinfonolas no perturban, las luces de mercurio no iluminan, las baratijas expuestas no adornan ese segundo rostro de los edificios. Unidad del tezontlé, los nichos con sus santos truncos coronados de palomas, la piedra labrada de barroco mexicano, los balcones de celosía, las troneras y los canales de lámina, las gárgolas de arenisca. Las ventanas ensombrecidas por largas cortinas verdosas: esa ventana de la cual se retira alguien en cuanto tú la miras, miras la portada de vides caprichosas, bajas la mirada al zaguán despintado y descubres 815, *antes* 69.

Tocas en vano con esa manija, esa cabeza de perro en cobre, gastada, sin relieves: semejante a la cabeza de un feto canino en los museos de ciencias naturales. Imaginas que el perro te sonríe y sueltas su contacto helado. La puerta cede al empuje levísimo de tus dedos y antes de entrar miras por última vez sobre tu hombro, frunces el ceño porque la larga fila detenida de camiones y autos gruñe, pita, suelta el humo insano de su prisa. Tratas, inútilmente, de retener una sola imagen de ese mundo exterior indiferenciado.

Cierras el zaguán detrás de ti e intentas penetrar la oscuridad de ese callejón techado —patio, porque puedes oler el musgo, la humedad de las plantas, las raíces podridas, el perfume adormecedor y espeso—. Buscas en vano una luz que te guíe. Buscas la caja de fósforos en la bolsa de tu saco, pero esa voz aguda y cascada te advierte desde lejos:

—No..., no es necesario. Le ruego. Camine trece pasos hacia el frente y encontrará la escalera a su derecha. Suba, por favor. Son veintidós escalones. Cuéntelos.

Trece. Derecha. Veintidós.

El olor de la humedad, de las plantas podridas, te envolverá mientras marcas tus pasos, primero sobre las baldosas de piedra, enseguida sobre esa madera crujiente, fofa por la humedad y el encierro. Cuentas en voz baja hasta veintidós y te detienes, con la caja de fósforos entre las manos, el portafolio apretado contra las costillas. Tocas esa puerta que huele a pino viejo y húmedo; buscas una manija; terminas por empujar y sentir, ahora, un tapete bajo tus pies. Un tapete delgado, mal extendido, que te hará tropezar y darte cuenta de la nueva luz, grisácea y filtrada, que ilumina ciertos contornos.

—Señora —dices con una voz monótona, porque crees recordar una voz de mujer—. Señora...

—Ahora a su izquierda. La primera puerta. Tenga la amabilidad.

Empujas esa puerta —ya no esperas que alguna se cierre propiamente; ya sabes que todas son puertas de golpe— y las luces dispersas se trenzan en tus pestañas, como si atravesaras una tenue red de seda. Sólo tienes ojos para esos muros de reflejos desiguales, donde parpadean docenas de luces. Consigues, al cabo, definirlas como veladoras, colocadas sobre repisas y entrepaños de ubicación asimétrica. Levemente, iluminan otras luces que son corazones de plata, frascos de cristal, vidrios enmarcados, y sólo detrás de este brillo intermitente verás, al fondo, la cama y el signo de una mano que parece atraerte con su movimiento pausado.

Lograrás verla cuando des la espalda a ese firmamento de luces devotas. Tropiezas al pie de la cama; debes rodearla para acercarte a la cabecera. Allí, esa figura pequeña se pierde en la inmensidad de la cama; al extender la mano no tocas otra mano, sino la piel gruesa, afieltrada, las orejas de ese objeto que roe con un silencio tenaz y te ofrece sus ojos rojos: sonríes y acaricias al conejo que yace al lado de la mano que, por fin, toca la tuya con unos dedos sin temperatura que se detienen largo tiempo sobre tu palma húmeda, la voltean y acercan tus dedos abiertos a la almohada de encajes que tocas para alejar tu mano de la otra.

—Felipe Montero. Leí su anuncio.

—Sí, ya sé. Perdón no hay asiento.

—Estoy bien. No se preocupe.

—Está bien. Por favor, póngase de perfil. No lo veo bien. Que le dé la luz. Así. Claro.

—Leí su anuncio...

—Claro. Lo leyó. ¿Se siente calificado? *Avez vous fait des études?*

—*A Paris, madame.*

—*Ah, oui, ça me fait plaisir, toujours, toujours, d'entendre... oui... vous savez... on était tellement habituée... et après...*

Te apartarás para que la luz combinada de la plata, la cera y el vidrio dibuje esa cofia de seda que debe recoger un pelo muy blanco y enmarcar un rostro casi infantil de tan viejo. Los apretados botones del cuello blanco que sube hasta las orejas ocultas por la cofia, las sábanas y los edredones velan todo el cuerpo con excepción de los brazos envueltos en un chal de estambre, las manos pálidas que descansan sobre el vientre: sólo puedes fijarte en el rostro, hasta que un movimiento del conejo te permite desviar la mirada y observar con disimulo esas migajas, esas costras de pan regadas sobre los edredones de seda roja, raídos y sin lustre.

—Voy al grano. No me quedan muchos años por delante, señor Montero, y por ello he preferido violar la costumbre de toda una vida y colocar ese anuncio en el periódico.

—Sí, por eso estoy aquí.

—Sí. Entonces acepta.

—Bueno, desearía saber algo más...

—Naturalmente. Es usted curioso.

Ella te sorprenderá observando la mesa de noche, los frascos de distinto color, los vasos, las cucharas de aluminio, los cartuchos alineados de píldoras y comprimidos, los demás vasos manchados de líquidos blancuzcos que están dispuestos en el suelo, al alcance de la mano de la mujer recostada sobre esta cama baja. Entonces te darás cuenta de que es una cama apenas elevada sobre el ras del suelo, cuando el conejo salte y se pierda en la oscuridad.

—Le ofrezco cuatro mil pesos.

—Sí, eso dice el aviso de hoy.

—Ah, entonces ya salió.

—Sí, ya salió.

—Se trata de los papeles de mi marido, el general Llorente. Deben ser ordenados antes de que muera. Deben ser publicados. Lo he decidido hace poco.

—Y el propio general, ¿no se encuentra capacitado para...?

—Murió hace sesenta años, señor. Son sus memorias inconclusas. Deben ser completadas. Antes de que yo muera.

—Pero...

—Yo le informaré de todo. Usted aprenderá a redactar en el estilo de mi esposo. Le bastará ordenar y leer los papeles para sentirse fascinado por esa prosa, por esa transparencia, esa, esa...

—Sí, comprendo.

—Saga. Saga. ¿Dónde está? *Ici, Saga...*

—¿Quién?

—Mi compañía.

—¿El conejo?

—Sí, volverá.

Levantarás los ojos, que habías mantenido bajos, y ella ya habrá cerrado los labios, pero esa palabra —volverá— vuelves a escucharla como si la anciana la estuviese pronunciando en ese momento. Permanecen inmóviles. Tú miras hacia atrás; te ciega el brillo de la corona parpadeante de objetos religiosos. Cuando vuelves a mirar a la señora, sientes que sus ojos se han abierto desmesuradamente y que son claros, líquidos, inmensos, casi del color de la córnea amarillenta que los rodea, de manera que sólo el punto negro de la pupila rompe esa claridad perdida, minutos antes, en los pliegues gruesos de los párpados caídos como para proteger esa mirada que ahora vuelve a esconderse —a retraerse, piensas— en el fondo de su cueva seca.

—Entonces se quedará usted. Su cuarto está arriba. Allí sí entra la luz.

—Quizá, señora, sería mejor que no la importunara. Yo puedo seguir viviendo donde siempre y revisar los papeles en mi propia casa...

—Mis condiciones son que viva aquí. No queda mucho tiempo.

—No sé...

—Aura...

La señora se moverá por vez primera desde que tú entraste a su recámara; al extender otra vez su mano, tú sientes esa respiración agitada a tu lado, y entre la mujer y tú se extiende otra mano que toca los dedos de la anciana. Miras a un lado y la muchacha está allí, esa muchacha que no alcanzas a ver de cuerpo entero porque está tan cerca de ti y su aparición fue imprevista, sin ningún ruido —ni siquiera los ruidos que no se escuchan, pero que son reales porque se recuerdan inmediatamente, porque a pesar de todo son más fuertes que el silencio que los acompañó.

—Le dije que regresaría...

—¿Quién?

—Aura. Mi compañera. Mi sobrina.

—Buenas tardes.

La joven inclinará la cabeza y la anciana, al mismo tiempo que ella, remedará el gesto.

—Es el señor Montero. Va a vivir con nosotras.

Te moverás unos pasos para que la luz de las veladoras no te ciegue. La muchacha mantiene los ojos cerrados, las manos cruzadas sobre un muslo: no te mira. Abre los ojos poco a poco, como si temiera los fulgores de la recámara. Al fin, podrás ver esos ojos de mar que fluyen, se hacen espuma, vuelven a la calma verde, vuelven a inflamarse como una ola: tú los ves y te repites que no es cierto, que son unos hermosos ojos verdes idénticos a todos los hermosos ojos verdes que has conocido o podrás conocer. Sin embargo, no te engañas: esos ojos fluyen, se transforman, como si te ofrecieran un paisaje que sólo tú puedes adivinar y desear.

—Sí. Voy a vivir con ustedes.

2

La anciana sonreirá, incluso reirá con su timbre agudo y dirá que le agrada tu buena voluntad y que la joven te mostrará tu recámara, mientras tú piensas en el sueldo de cuatro mil pesos, el trabajo que puede ser agradable porque a ti te gustan estas tareas meticulosas de investigación, que excluyen el esfuerzo físico, el traslado de un lugar a otro, los encuentros inevitables y molestos con otras personas. Piensas en todo esto al seguir los pasos de la joven —te das cuenta de que no la sigues con la vista, sino con el oído: sigues el susurro de la falda, el crujido de una tafeta— y estás ansiando, ya, mirar nuevamente esos ojos. Asciendes detrás del ruido, en medio de la oscuridad, sin acostumbrarte aún a las tinieblas: recuerdas que deben ser cerca de las seis de la tarde y te sorprende la inundación de luz de tu recámara, cuando la mano de Aura empuje la puerta —otra puerta sin cerradura— y enseguida se aparte de ella y te diga:

—Aquí es su cuarto. Lo esperamos a cenar dentro de una hora.

Y se alejará, con ese ruido de tafeta, sin que hayas podido ver otra vez su rostro.

Cierras —empujas— la puerta detrás de ti y al fin levantas los ojos hacia el tragaluz inmenso que hace las veces de techo. Sonríes al darte cuenta de que ha bastado la luz del crepúsculo para cegarte y contrastar con la penumbra del resto de la casa. Pruebas, con alegría, la blandura del colchón en la cama de metal dorado y recorres con la mirada el cuarto: el tapete de lana roja, los muros empapelados, oro y oliva, el sillón de terciopelo rojo, la vieja mesa de trabajo, nogal y cuero verde, la lámpara antigua, de quinqué, luz opaca de tus noches de investigación, el estante clavado encima de la mesa, al alcance de tu mano, con los tomos encuadernados. Caminas hacia la otra puerta y al empujarla

18

descubres un baño pasado de moda: tina de cuatro patas, con florecillas pintadas sobre la porcelana, un aguamanil azul, un retrete incómodo. Te observas en el gran espejo ovalado del guardarropa, también de nogal, colocado en la sala de baño. Mueves tus cejas pobladas, tu boca larga y gruesa que llena de vaho el espejo; cierras tus ojos negros y, al abrirlos, el vaho habrá desaparecido. Dejas de contener la respiración y te pasas una mano por el pelo oscuro y lacio; tocas con ella tu perfil recto, tus mejillas delgadas. Cuando el vaho opaque otra vez el rostro, estarás repitiendo ese nombre, Aura.

Consultas el reloj, después de fumar dos cigarrillos, recostado en la cama. De pie, te pones el saco y te pasas el peine por el cabello. Empujas la puerta y tratas de recordar el camino que recorriste al subir. Quisieras dejar la puerta abierta, para que la luz del quinqué te guíe: es imposible, porque los resortes la cierran. Podrías entretenerte columpiando esa puerta. Podrías tomar el quinqué y descender con él. Renuncias porque ya sabes que esta casa siempre se encuentra a oscuras. Te obligarás a conocerla y reconocerla por el tacto. Avanzas con cautela, como un ciego, con los brazos extendidos, rozando la pared, y es tu hombro lo que, inadvertidamente, aprieta el contacto de la luz eléctrica. Te detienes, guiñando, en el centro iluminado de ese largo pasillo desnudo. Al fondo, el pasamanos y la escalera de caracol.

Desciendes contando los peldaños: otra costumbre inmediata que te habrá impuesto la casa de la señora Llorente. Bajas contando y das un paso atrás cuando encuentres los ojos rosados del conejo, que en seguida te da la espalda y sale saltando.

No tienes tiempo de detenerte en el vestíbulo, porque Aura, desde una puerta entreabierta de cristales opacos, te estará esperando con el candelabro en la mano. Caminas, sonriendo, hacia ella; te detienes al escuchar los maullidos dolorosos de varios gatos —sí, te detienes a escuchar, ya cerca de la mano de Aura, para cerciorarte de que son varios gatos— y la sigues a la sala: Son los gatos —dirá Aura—. Hay tanto ratón en esta parte de la ciudad.

Cruzan el salón: muebles forrados de seda mate, vitrinas donde han sido colocados muñecos de porcelana, relojes musicales, condecoraciones y bolas de cristal; tapetes de diseño persa, cuadros con escenas bucólicas, las cortinas de terciopelo verde corridas. Aura viste de verde.

—¿Se encuentra cómodo?

—Sí. Pero necesito recoger mis cosas en la casa donde...

—No es necesario. El criado ya fue a buscar-
las.

—No se hubieran molestado.

Entras, siempre detrás de ella, al comedor. Ella
colocará el candelabro en el centro de la mesa; tú
sientes un frío húmedo. Todos los muros del salón
están recubiertos de una madera oscura, labrada al
estilo gótico, con ojivas y rosetones calados. Los
gatos han dejado de maullar. Al tomar asiento, notas que han sido dispuestos cuatro cubiertos y que
hay dos platones calientes bajo cacerolas de plata y
una botella vieja y brillante por el limo verdoso
que la cubre.

Aura apartará la cacerola. Tú aspiras el olor
pungente de los riñones en salsa de cebolla que ella
te sirve mientras tú tomas la botella vieja y llenas
los vasos de cristal cortado con ese líquido rojo y
espeso. Tratas, por curiosidad, de leer la etiqueta
del vino, pero el limo lo impide. Del otro platón,
Aura toma unos tomates enteros, asados.

—Perdón —dices, observando los dos cubiertos
extra, las dos sillas desocupadas—. ¿Esperamos a
alguien más?

Aura continúa sirviendo los tomates:

—No. La señora Consuelo se siente débil esta
noche. No nos acompañará.

—La señora Consuelo. ¿Su tía?

—Sí. Le ruega que pase a verla después de la cena.

Comen en silencio. Beben ese vino particularmente espeso, y tú desvías una y otra vez la mirada para que Aura no te sorprenda en esa impudicia hipnótica que no puedes controlar. Quieres, aún entonces, fijar las facciones de la muchacha en tu mente. Cada vez que desvíes la mirada, las habrás olvidado ya y una urgencia impostergable te obligará a mirarla de nuevo. Ella mantiene, como siempre, la mirada baja, y tú, al buscar el paquete de cigarrillos en la bolsa del saco, encuentras ese llavín, recuerdas, le dices a Aura:

—¡Ah! Olvidé que un cajón de mi mesa está cerrado con llave. Allí tengo mis documentos.

Y ella murmurará:

—Entonces... ¿quiere usted salir?

Lo dice como un reproche. Tú te sientes confundido y alargas la mano con el llavín colgado de un dedo, se lo ofreces.

—No urge.

Pero ella se aparta del contacto de tus manos, mantiene las suyas sobre el regazo, al fin levanta la mirada y tú vuelves a dudar de tus sentidos, atribuyes al vino el aturdimiento, el mareo que te producen esos ojos verdes, limpios, brillantes, y te pones de pie, detrás de Aura, acariciando el respaldo de madera de la silla gótica, sin atreverte a tocar los hombros desnudos de la muchacha, la cabeza que se mantiene inmóvil. Haces un esfuerzo para contenerte; distraes tu atención escuchando el batir imperceptible de otra puerta, a tus espaldas, que debe conducir a la cocina; descompones los dos elementos plásticos del comedor: el círculo de luz compacta que arroja el candelabro y que ilumina la mesa y un extremo del muro labrado, el círculo mayor, de sombra, que rodea al primero. Tienes, al fin, el valor de acercarte a ella, tomar su mano, abrirla y colocar el llavero, la prenda, sobre esa palma lisa.

La verás apretar el puño, buscar tu mirada, murmurar:

—Gracias...—, levantarse, abandonar de prisa el comedor.

Tú tomas el lugar de Aura, estiras las piernas, enciendes un cigarrillo, invadido por un placer que jamás has conocido, que sabías parte de ti, pero que sólo ahora experimentas plenamente, liberándolo, arrojándolo fuera, porque sabes que esta vez encontrará respuesta... Y la señora Consuelo te espera: ella te lo advirtió: te espera después de la cena...

Has aprendido el camino. Tomas el candelabro y cruzas la sala y el vestíbulo. La primera puerta, frente a ti, es la de la anciana. Tocas con los nudillos, sin obtener respuesta. Tocas otra vez. Empujas la puerta: ella te espera. Entras con cautela, murmurando:

—Señora... Señora...

Ella no te habrá escuchado, porque la descubres hincada ante ese muro de las devociones, con la cabeza apoyada contra los puños cerrados. La ves de lejos: hincada, cubierta por ese camisón de lana burda, con la cabeza hundida en los hombros delgados: delgada como una escultura medieval, emaciada: las piernas se asoman como dos hebras debajo del camisón, flacas, cubiertas por una erisipela inflamada; piensas en el roce continuo de la tosca lana sobre la piel, hasta que ella levanta los puños y pega al aire sin fuerzas, como si librara una batalla contra las imágenes que, al acercarte, empiezas a distinguir: Cristo, María, San Sebastián, Santa Lucía, el Arcángel Miguel, los demonios sonrientes, los únicos sonrientes en esta iconografía del dolor y la cólera: sonrientes porque, en el viejo grabado iluminado por las veladoras, ensartan los tridentes en la piel de los condenados, les vacían calderones de agua hirviente, violan a las mujeres, se embriagan, gozan de la libertad vedada a los santos. Te acercas a esa imagen central, rodeada por las lágrimas de la Dolorosa, la sangre del Crucificado, el gozo de Luzbel, la cólera del Arcángel, las vísceras conservadas en frascos de alcohol, los corazones de plata: la señora Consuelo, de rodillas, amenaza con los puños, balbucea las palabras que, ya cerca de ella, puedes escuchar:

—Llega, Ciudad de Dios; suena, trompeta de Gabriel; ¡ay, pero cómo tarda en morir el mundo!

Se golpeará el pecho hasta derrumbarse, frente a las imágenes y las veladoras, con un acceso de tos. Tú la tomas de los codos, la conduces dulcemente hacia la cama, te sorprendes del tamaño de la mujer: casi una niña, doblada, corcovada, con la espina dorsal vencida: sabes que, de no ser por tu apoyo, tendría que regresar a gatas a la cama. La recuestas en el gran lecho de migajas y edredones viejos, la cubres, esperas a que su repiración se regularice, mientras las lágrimas involuntarias le corren por las mejillas transparentes.

—Perdón... Perdón, señor Montero... A las viejas sólo nos queda... el placer de la devoción... Páseme el pañuelo, por favor.

—La señorita Aura me dijo...

—Sí, exactamente. No quiero que perdamos tiempo... Debe... debe empezar a trabajar cuanto antes... Gracias...

—Trate usted de descansar.

—Gracias... Tome...

La vieja se llevará las manos al cuello, lo desabotonará, bajará la cabeza para quitarse ese listón morado, luido, que ahora te entrega: pesado, porque una llave de cobre cuelga de la cinta.

—En aquel rincón... Abra ese baúl y traiga los papeles que están a la derecha, encima de los demás... amarrados con un cordón amarillo...

—No veo muy bien...

—Ah, sí... Es que estoy tan acostumbrada a las tinieblas. A mi derecha... Camine y tropezará con el arcón... Es que nos amurallaron, señor Montero. Han construido alrededor de nosotras, nos han quitado la luz. Han querido obligarme a vender. Muertas, antes. Esta casa está llena de recuerdos para nosotras. Sólo muerta me sacarán de aquí... Eso es. Gracias. Puede usted empezar a leer esta parte. Ya le iré entregando las demás. Buenas noches, señor Montero. Gracias. Mire: su candelabro se ha apagado. Enciéndalo afuera, por favor. No, no, quédese con la llave. Acéptela. Confío en usted.

—Señora... Hay un nido de ratones en aquel rincón...

—¿Ratones? Es que yo nunca voy hasta allá...

—Debería usted traer a los gatos aquí.

—¿Gatos? ¿Cuáles gatos? Buenas noches. Voy a dormir. Estoy fatigada.

—Buenas noches.

3

Lees esa misma noche los papeles amarillos, es-
critos con una tinta color mostaza; a veces, hora-
dados por el descuido de una ceniza de tabaco,
manchados por moscas. El francés del general Llorente no goza de las excelencias que su mujer le habrá atribuido. Te dices que tú puedes mejorar con-
siderablemente el estilo, apretar esa narración difusa de los hechos pasados: la infancia en una ha-
cienda oaxaqueña del siglo XIX, los estudios milita-
res en Francia, la amistad con el duque de Morny,
con el círculo íntimo de Napoleón III, el regreso a
México en el estado mayor de Maximiliano, las ce-
remonias y veladas del Imperio, las batallas, el de-
rrumbe, el Cerro de las Campanas, el exilio en París. Nada que no hayan contado otros. Te desnudas pensando en el capricho deformado de la anciana, en el falso valor que atribuye a estas memorias. Te acuestas sonriendo, pensando en tus cuatro mil pesos.

Duermes, sin soñar, hasta que el chorro de luz te
despierta, a las seis de la mañana, porque ese techo
de vidrios no posee cortinas. Te cubres los ojos con
la almohada y tratas de volver a dormir. A los diez

minutos, olvidas tu propósito y caminas al baño, donde encuentras todas tus cosas dispuestas en una mesa, tus escasos trajes colgados en el ropero. Has terminado de afeitarte cuando ese maullido implorante y doloroso destruye el silencio de la mañana.

Llega a tus oídos con una vibración atroz, rasgante, de imploración. Intentas ubicar su origen: abres la puerta que da al corredor y allí no la escuchas: esos maullidos se cuelan desde lo alto, desde el tragaluz. Trepas velozmente a la silla, de la silla a la mesa de trabajo, y apoyándote en el librero puedes alcanzar el tragaluz, abrir uno de sus vidrios, elevarte con esfuerzo y clavar la mirada en ese jardín lateral, ese cubo de tejos y zarzas enmarañados donde cinco, seis, siete gatos —no puedes contarlos: no puedes sostenerte allí más de un segundo— encadenados unos con otros, se revuelven envueltos en fuego, desprenden un humo opaco, un olor de pelambre incendiada. Dudas, al caer sobre la butaca, si en realidad has visto eso; quizá sólo uniste esa imagen a los maullidos espantosos que persisten, disminuyen, al cabo, terminan.

Te pones la camisa, pasas un papel sobre las puntas de tus zapatos negros y escuchas, esta vez, el aviso de la campana que parece recorrer los pasillos de la casa y acercarse a tu puerta. Te asomas al corredor; Aura camina con esa campana en la mano, inclina la cabeza al verte, te dice que el desayuno está listo. Tratas de detenerla; Aura ya descenderá por la escalera de caracol, tocando la campana pintada de negro, como si se tratara de levantar a todo un hospicio, a todo un internado.

La sigues, en mangas de camisa, pero al llegar al vestíbulo ya no la encuentras. La puerta de la recámara de la anciana se abre a tus espaldas: alcanzas a ver la mano que asoma detrás de la puerta apenas abierta, coloca esa porcelana en el vestíbulo y se retira, cerrando de nuevo.

En el comedor, encuentras tu desayuno servido; esta vez, sólo un cubierto. Comes rápidamente, regresas al vestíbulo, tocas a la puerta de la señora Consuelo. Esa voz débil y aguda te pide que entres. Nada habrá cambiado. La oscuridad permanente. El fulgor de las veladoras y los milagros de plata.

—Buenos días, señor Montero. ¿Durmió bien?

—Sí. Leí hasta tarde.

La dama agitará una mano, como si deseara alejarte.

—No, no, no. No me adelante su opinión. Trabaje sobre esos papeles y cuando termine le pasaré los demás.

—Está bien, señora. ¿Podría visitar el jardín?

—¿Cuál jardín, señor Montero?

—El que está detrás de mi cuarto.

—En esta casa no hay jardín. Perdimos el jardín cuando construyeron alrededor de la casa.

—Pensé que podría trabajar mejor al aire libre.

—En esta casa sólo hay ese patio oscuro por donde entró usted. Allí mi sobrina cultiva algunas plantas de sombra. Pero eso es todo.

—Está bien, señora.

—Deseo descansar todo el día. Pase a verme esta noche.

—Está bien, señora.

Revistas todo el día papeles, pasando en limpio los párrafos que piensas retener, redactando de nuevo los que te parecen débiles, fumando cigarrillo tras cigarrillo y reflexionando que debes espaciar tu trabajo para que la canonjía se prolongue lo más posible. Si lograras ahorrar por lo menos doce mil pesos, podrías pasar cerca de un año dedicado a tu propia obra, aplazada, casi olvidada. Tu gran obra de conjunto sobre los descubrimientos y conquistas españolas en América. Una obra que resuma todas las crónicas dispersas, las haga inteligibles, encuentre las correspondencias entre todas las empresas y aventuras del Siglo de Oro, entre los prototipos humanos y el hecho mayor del Renacimiento. En realidad, terminas por abandonar los tediosos papeles del militar del Imperio para empezar la redacción de fichas y resúmenes de tu propia obra. El tiempo corre y sólo al escuchar de nuevo la campana consultas tu reloj, te pones el saco y bajas al comedor.

Aura ya estará sentada; esta vez la cabecera la ocupará la señora Llorente, envuelta en su chal y su camisón, tocada con su cofia, agachada sobre el plato. Pero el cuarto cubierto también está puesto. Lo notas de pasada; ya no te preocupa. Si el precio de tu futura libertad creadora es aceptar todas las manías de esta anciana, puedes pagarlo sin dificultad. Tratas, mientras la ves sorber la sopa, de calcular su edad. Hay un momento en el cual ya no es posible distinguir el paso de los años; la señora Consuelo, desde hace tiempo, pasó esa frontera. El general no la menciona en lo que llevas leído de las memorias. Pero si el general tenía cuarenta y dos años en el momento de la invasión francesa y murió en 1901 cuarenta años más tarde, habría muerto de ochenta y dos años. Se habría casado con la señora Consuelo después de la derrota de Querétaro y el exilio, pero ella habría sido una niña entonces...

Las fechas se te confundirán, porque ya la señora está hablando, con ese murmullo agudo, leve, ese chirreo de pájaro; le está hablando a Aura y tú escuchas, atento a la comida, esa enumeración plana de quejas, dolores, sospechas de enfermedades, más quejas sobre el precio de las medicinas, la humedad de la casa. Quisieras intervenir en la conversación doméstica preguntando por el criado que recogió ayer tus cosas, pero al que nunca has visto, el que nunca sirve la mesa: lo preguntarías si, de repente, no te sorprendiera que Aura, hasta ese momento, no hubiese abierto la boca y comiese con esa fatalidad mecánica, como si esperara un impulso ajeno a ella para tomar la cuchara, el cuchillo, partir los riñones —sientes en la boca, otra vez, esa dieta de riñones, por lo visto la preferida de la casa— y llevárselos a la boca. Miras rápidamente de la tía a la sobrina y de la sobrina a la tía, pero la señora Consuelo, en ese instante, detiene todo movimiento y, al mismo tiempo, Aura deja el cuchillo sobre el plato y permanece inmóvil y tú recuerdas que, una fracción de segundo antes, la señora Consuelo hizo lo mismo.

Permanecen varios minutos en silencio: tú terminando de comer, ellas inmóviles como estatuas, mirándote comer. Al cabo la señora dice:

—Me he fatigado. No debería comer en la mesa. Ven, Aura, acompáñame a la recámara.

La señora tratará de retener tu atención: te mirará de frente para que tú la mires, aunque sus palabras vayan dirigidas a la sobrina. Tú debes hacer un esfuerzo para desprenderte de esa mirada —otra vez abierta, clara, amarilla, despojada de los velos y arrugas que normalmente la cubren— y fijar la tuya en Aura, que a su vez mira fijamente hacia un punto perdido y mueve en silencio los labios, se levanta con actitudes similares a las que tú asocias con el sueño, toma de los brazos a la anciana jorobada y la conduce lentamente fuera del comedor.

Solo, te sirves el café que también ha estado allí desde el principio del almuerzo, el café frío que bebes a sorbos mientras frunces el ceño y te preguntas si la señora no poseerá una fuerza secreta sobre la muchacha, si la muchacha, tu hermosa Aura vestida de verde, no estará encerrada contra su voluntad en esta casa vieja, sombría. Le sería, sin embargo, tan fácil escapar mientras la anciana dormita en su cuarto oscuro. Y no pasas por alto el camino que se abre en tu imaginación: quizá Aura espera que tú la salves de las cadenas que, por alguna razón oculta, le ha impuesto esta vieja caprichosa y desequilibrada. Recuerdas a Aura minutos antes, inanimada, embrutecida por el terror: incapaz de hablar enfrente de la tirana, moviendo los labios en silencio, como si en silencio te implorara su libertad, prisionera al grado de imitar todos los movimientos de la señora Consuelo, como si sólo lo que hiciera la vieja le fuese permitido a la joven.

La imagen de esta enajenación total te rebela: caminas, esta vez, hacia la otra puerta, la que da sobre el vestíbulo al pie de la escalera, la que está al lado de la recámara de la anciana: allí debe vivir Aura; no hay otra pieza en la casa. Empujas la puerta y entras a esa recámara, también oscura, de paredes enjalbegadas, donde el único adorno es un Cristo negro. A la izquierda, ves esa puerta, que debe conducir a la recámara de la viuda. Caminando de puntas, te acercas a ella, colocas la mano sobre la madera, desistes de tu empeño: debes hablar con Aura a solas.

Y si Aura quiere que la ayudes, ella vendrá a tu cuarto. Permaneces allí, olvidado de los papeles amarillos, de tus propias cuartillas anotadas, pensando sólo en la belleza inasible de tu Aura —mientras más pienses en ella, más tuya la harás, no sólo porque piensas en su belleza y la deseas, sino porque ahora la deseas para liberarla: habrás encontrado una razón moral para tu deseo; te sentirás inocente y satisfecho—, y cuando vuelves a escuchar la precaución de la campana, no bajas a cenar porque no soportarías otra escena como la del mediodía. Quizá Aura se dará cuenta y, después de la cena, subirá a buscarte.

Realizas un esfuerzo para seguir revisando los papeles. Cansado, te desvistes lentamente, caes en el lecho, te duermes pronto y por primera vez en muchos años sueñas, sueñas una sola cosa, sueñas esa mano descarnada que avanza hacia ti con la campana en la mano, gritando que te alejes, que se alejen todos, y cuando el rostro de ojos vaciados se acerca al tuyo, despiertas con un grito mudo, sudando, y sientes esas manos que acarician tu rostro y tu pelo, esos labios que murmuran con la voz más baja, te consuelan, te piden calma y cariño. Alargas tus propias manos para encontrar el otro cuerpo, desnudo, que entonces agitará levemente el llavín que tú reconoces, y con él a la mujer que se recuesta encima de ti, te besa, te recorre el cuerpo entero con besos. No puedes verla en la oscuridad de la noche sin estrellas, pero hueles en su pelo el perfume de las plantas del patio, sientes en sus brazos la piel más suave y ansiosa, tocas en sus senos la flor entrelazada de las venas sensibles, vuelves a besarla y no le pides palabras.

Al separarte, agotado, de su abrazo, escuchas su primer murmullo: «Eres mi esposo». Tú asientes: ella te dirá que amanece; se despedirá diciendo que te espera esa noche en su recámara. Tú vuelves a asentir, antes de caer dormido, aliviado, ligero, vaciado de placer, reteniendo en las yemas de los dedos el cuerpo de Aura, su temblor, su entrega: la niña Aura.

Te cuesta trabajo despertar. Los nudillos tocan varias veces y te levantas de la cama pesadamente, gruñendo: Aura, del otro lado de la puerta, te dirá que no abras: la señora Consuelo quiere hablar contigo; te espera en su recámara.

Entran diez minutos después al santuario de la viuda. Arropada, parapetada contra los almohadones de encaje: te acercas a la figura inmóvil, a sus ojos cerrados de los párpados colgantes, arrugados, blanquecinos: ves esas arrugas abolsadas de los pómulos, ese cansancio total de la piel.

Sin abrir los ojos, te dirá:

—¿Trae usted la llave?

—Sí... Creo que sí. Sí, aquí está.

—Puede leer el segundo folio. En el mismo lugar, con la cinta azul.

Caminas, esta vez con asco, hacia ese arcón alrededor del cual pululan las ratas, asoman sus ojillos brillantes entre las tablas podridas del piso, corretean hacia los hoyos abiertos en el muro escarapelado. Abres el arcón y retiras la segunda colección de papeles. Regresas al pie de la cama; la señora Consuelo acaricia a su conejo blanco.

De la garganta abotonada de la anciana surgirá ese cacareo sordo:

—¿No le gustan los animales?

—No. No particularmente. Quizá porque nunca he tenido uno.

—Son buenos amigos, buenos compañeros. Sobre todo cuando llegan la vejez y la soledad.

—Sí. Así debe ser.

—Son seres naturales, señor Montero. Seres sin tentaciones.

—¿Cómo dijo que se llamaba?

—¿La coneja? Saga. Sabia. Sigue sus instintos. Es natural y libre.

—Creí que era conejo.

—Ah, usted no sabe distinguir todavía.

—Bueno, lo importante es que no se sienta usted sola.

—Quieren que estemos solas, señor Montero, porque dicen que la soledad es necesaria para alcanzar la santidad. Se han olvidado de que en la soledad la tentación es más grande.

—No la entiendo, señora.

—Ah, mejor, mejor. Puede usted seguir trabajando.

Le das la espalda. Caminas hacia la puerta. Sales de la recámara. En el vestíbulo, aprietas los dientes. ¿Por qué no tienes el valor de decirle que amas a la joven? ¿Por qué no entras y le dices, de una vez, que piensas llevarte a Aura contigo cuando termines el trabajo? Avanzas de nuevo hacia la puerta; la empujas, dudando aún, y por el resquicio ves a la señora Consuelo de pie, erguida, transformada, con esa túnica entre los brazos: esa túnica azul con botones de oro, charreteras rojas, brillantes insignias de águila coronada, esa túnica que la anciana mordisquea ferozmente, besa con ternura, se coloca sobre los hombros para girar en un paso de danza tambaleante. Cierras la puerta.

Sí: *tenía quince años cuando la conocí* —lees en el segundo folio de las memorias—: *elle avait quinze ans lorsque je l'ai connue et, si j'ose le dire, ce sont ses yeux verts qui ont fait ma perdition:* los ojos verdes de Consuelo, que tenía quince años en 1867, cuando el general Llorente casó con ella y la llevó a vivir a París, al exilio. *Ma jeune poupée,* escribió el general en sus momentos de inspiración, *ma jeune poupée aux yeux verts; je t'ai comblée d'amour:* describió la casa en la que vivieron, los paseos, los bailes, los carruajes, el mundo del Segundo Imperio: sin gran relieve, ciertamente. *J'ai même supporté ta haine des chats, moi qu'aimais tellement les jolies bêtes...* Un día la encontró, abierta de piernas, con la crinolina levantada por delante, martirizando a un gato y no supo llamarle la atención porque le pareció que *tu faisais ça d'une façon si innocent, par pur enfantillage* e incluso lo excitó el hecho, de manera que esa noche la amó, si le das crédito a tu lectura, con una pasión hiperbólica, *parce que tu m'avais dit que torturer les chats était ta manière à toi de rendre notre amour favorable, par un sacrifice symbolique...* habrás calculado: la señora Consuelo tendrá hoy ciento nueve años... cierras el folio. Cuarenta y nueve al morir su esposo. *Tu sais si bien t'habiller, ma douce Consuelo, toujours drappé dans des velours verts, verts comme tes yeux. Je pense que tu seras toujours belle, même dans cents ans...* Siempre vestida de verde. Siempre hermosa, incluso dentro de cien años. *Tu es si fière de ta beauté; que ne ferais-tu pas pour rester toujours jeune?*

4

Sabes, al cerrar de nuevo el folio, que por eso vive Aura en esta casa: para perpetuar la ilusión de juventud y belleza de la pobre anciana enloquecida. Aura, encerrada como un espejo, como un icono más de ese muro religioso, cuajado de milagros, corazones preservados, demonios y santos imaginados.

Arrojas los papeles a un lado y desciendes, sospechando el único lugar donde Aura podrá estar en las mañanas: el lugar que le habrá asignado esta vieja avara.

La encuentras en la cocina, sí, en el momento en que degüella un macho cabrío: el vapor que surge del cuello abierto, el olor de sangre derramada, los ojos duros y abiertos del animal te dan náuseas: detrás de esa imagen se pierde la de una Aura mal vestida, con el pelo revuelto, manchada de sangre, que te mira sin reconocerte, que continúa su labor de carnicero.

Le das la espalda: esta vez, hablarás con la anciana, le echarás en cara su codicia, su tiranía abominable. Abres de un empujón la puerta y la ves, detrás del velo de luces, de pie, cumpliendo su oficio de aire: la ves con las manos en movimiento, extendidas en el aire: una mano extendida y apretada, como si realizara un esfuerzo para detener algo, la otra apretada en torno a un objeto de aire, clavada una y otra vez en el mismo lugar. En seguida, la vieja se restregará las manos contra el pecho, suspirará, volverá a cortar en el aire, como si —sí, lo verás claramente: como si despellejara una bestia...

Corres al vestíbulo, la sala, el comedor, la cocina donde Aura despelleja al chivo lentamente, absorta en su trabajo, sin escuchar tu entrada ni tus palabras, mirándote como si fueras de aire.

Subes lentamente a tu recámara, entras, te arrojas contra la puerta como si temieras que alguien te siguiera: jadeante, sudoroso, presa de la impotencia de tu espina helada, de tu certeza: si algo o alguien entrara, no podrías resistir, te alejarías de la puerta, lo dejarías hacer. Tomas febrilmente la butaca, la colocas contra esa puerta sin cerradura, empujas la cama hacia la puerta, hasta atrancarla, y te arrojas exhausto sobre ella, exhausto y abúlico, con los ojos cerrados y los brazos apretados alrededor de tu almohada: tu almohada que no es tuya; nada es tuyo...

Caes en ese sopor, caes hasta el fondo de ese sueño que es tu única salida, tu única negativa a la locura. «Está loca, está loca», te repites para adormecerte, repitiendo con las palabras la imagen de la anciana que en el aire despellejaba al cabrío de aire con su cuchillo de aire: «...está loca...»,

en el fondo del abismo oscuro, en tu sueño silencioso, de bocas abiertas, en silencio, la verás avanzar hacia ti, desde el fondo negro del abismo, la verás avanzar a gatas.

En silencio,

moviendo su mano descarnada, avanzando hacia ti hasta que su rostro se pegue al tuyo y veas esas encías sangrantes de la vieja, esas encías sin dientes y grites y ella vuelva a alejarse, moviendo su mano, sembrando a lo largo del abismo los dientes amarillos que va sacando del delantal manchado de sangre:

tu grito es el eco del grito de Aura, delante de ti en el sueño, Aura que grita porque unas manos han rasgado por la mitad su falda de tafeta verde, y

esa cabeza tonsurada,

con los pliegues rotos de la falda entre las manos, se voltea hacia ti y ríe en silencio, con los dientes de la vieja superpuestos a los suyos, mientras las piernas de Aura, sus piernas desnudas, caen rotas y vuelan hacia el abismo...

Escuchas el golpe sobre la puerta, la campana detrás del golpe, la campana de la cena. El dolor de cabeza te impide leer los números, la posición de las manecillas del reloj; sabes que es tarde: frente a tu cabeza recostada, pasan las nubes de la noche detrás del tragaluz. Te incorporas penosamente, aturdido, hambriento. Colocas el garrafón de vidrio bajo el grifo de la tina, esperas a que el agua corra, llene el garrafón que tú retiras y vacías en el aguamanil donde te lavas la cara, los dientes con tu brocha vieja embarrada de pasta verdosa, te rocías el pelo —sin advertir que debías haber hecho todo esto a la inversa—, te peinas cuidadosamente frente al espejo ovalado del armario de nogal, anudas la corbata, te pones el saco y desciendes a un comedor vacío, donde sólo ha sido colocado un cubierto: el tuyo.

Y al lado de tu plato, debajo de la servilleta, ese objeto que rozas con los dedos, esa muñequita endeble, de trapo, rellena de una harina que se escapa por el hombro mal cosido: el rostro pintado con tinta china, el cuerpo desnudo, detallado con escasos pincelazos. Comes tu cena fría —riñones, tomates, vino— con la mano derecha: detienes la muñeca entre los dedos de la izquierda.

Comes mecánicamente, con la muñeca en la mano izquierda y el tenedor en la otra, sin darte cuenta, al principio, de tu propia actitud hipnótica, entreviendo, después, una razón en tu siesta opresiva, en tu pesadilla, identificando, al fin, tus movimientos de sonámbulo con los de Aura, con los de la anciana: mirando con asco esa muñequita horrorosa que tus dedos acarician, en la que empiezas a sospechar una enfermedad secreta, un contagio. La dejas caer al suelo. Te limpias los labios con la servilleta. Consultas tu reloj y recuerdas que Aura te ha citado en su recámara.

Te acercas cautelosamente a la puerta de doña Consuelo y no escuchas un solo ruido. Consultas de nuevo tu reloj: apenas son las nueve.

Decides bajar, a tientas, a ese patio techado, sin luz, que no has vuelto a visitar desde que lo cruzaste, sin verlo, el día de tu llegada a esta casa.

Tocas las paredes húmedas, lamosas; aspiras el aire perfumado y quieres descomponer los elementos de tu olfato, reconocer los aromas pesados, suntuosos, que te rodean. El fósforo encendido ilumina, parpadeando, ese patio estrecho y húmedo, embaldosado, en el cual crecen, de cada lado, las plantas sembradas sobre los márgenes de tierra rojiza y suelta. Distingues las formas altas, ramosas, que proyectan sus sombras a la luz del cerillo que se consume, te quema los dedos, te obliga a encender uno nuevo para terminar de reconocer las flores, los frutos, los tallos que recuerdas mencionados en crónicas viejas: las hierbas olvidadas que crecen olorosas, adormiladas: las hojas anchas, largas, hendidas, vellosas del beleño: el tallo sarmentado de flores amarillas por fuera, rojas por dentro; las hojas acorazonadas y agudas de la dulcamara; la pelusa cenicienta del gordolobo, sus flores espigadas; el arbusto ramoso del evónimo y las flores blanquecinas; la belladona. Cobran vida a la luz de tu fósforo, se mecen con sus sombras mientras tú recreas los usos de este herbario que dilata las pupilas, adormece el dolor, alivia los partos, consuela, fatiga la voluntad, consuela con una calma voluptuosa.

Te quedas solo con los perfumes cuando el tercer fósforo se apaga. Subes con pasos lentos al vestíbulo, vuelves a pegar el oído a la puerta de la señora Consuelo, sigues, sobre las puntas de los pies, a la de Aura: la empujas, sin dar aviso, y entras a esa recámara desnuda, donde un círculo de luz ilumina la cama, el gran crucifijo mexicano, la mujer que avanzará hacia ti cuando la puerta se cierre.

Aura vestida de verde, con esa bata de tafeta por donde asoman, al avanzar hacia ti la mujer, los muslos color de luna: la mujer, repetirás al tenerla cerca, la mujer, no la muchacha de ayer: la muchacha de ayer —cuando toques sus dedos, su talle— no podía tener más de veinte años; la mujer de hoy —y acaricies su pelo negro, suelto, su mejilla pálida— parece de cuarenta: algo se ha endurecido, entre ayer y hoy, alrededor de los ojos verdes; el rojo de los labios se ha oscurecido fuera de su forma antigua, como si quisiera fijarse en una mueca alegre, en una sonrisa turbia: como si alternara, a semejanza de esa planta del patio, el sabor de la miel y el de la amargura. No tienes tiempo de pensar más:

—Siéntate en la cama, Felipe.

—Sí.

—Vamos a jugar. Tú no hagas nada. Déjame hacerlo todo a mí.

Sentado en la cama, tratas de distinguir el origen de esa luz difusa, opalina, que apenas te permite separar los objetos, la presencia de Aura, de la atmósfera dorada que los envuelve. Ella te habrá visto mirando hacia arriba, buscando ese origen. Por la voz, sabes que está arrodillada frente a ti:

—El cielo no es alto ni bajo. Está encima y debajo de nosotros al mismo tiempo.

Te quitarás los zapatos, los calcetines, y acariciará tus pies desnudos.

Tú sientes el agua tibia que baña tus plantas, las alivia, mientras ella te lava con una tela gruesa, dirige miradas furtivas al Cristo de madera negra, se aparta por fin de tus pies, te toma de la mano, se prende unos capullos de violeta al pelo suelto, te toma entre los brazos y canturrea esa melodía, ese vals que tú bailas con ella, prendido al susurro de su voz, girando al ritmo lentísimo, solemne, que ella te impone, ajeno a los movimientos ligeros de sus manos, que te desabotonan la camisa, te acarician el pecho, buscan tu espalda, se clavan en ella. También tú murmuras esa canción sin letra, esa melodía que surge naturalmente de tu garganta: giran los dos, cada vez más cerca del lecho; tú sofocas la canción murmurada con tus besos hambrientos sobre la boca de Aura, arrestas la danza con tus besos apresurados sobre los hombros, los pechos de Aura.

Tienes la bata vacía entre las manos. Aura, de cuclillas sobre la cama, coloca ese objeto contra los muslos cerrados, lo acaricia, te llama con la mano. Acaricia ese trozo de harina delgada, lo quiebra sobre sus muslos, indiferentes a las migajas que ruedan por sus caderas: te ofrece la mitad de la oblea que tú tomas, llevas a la boca al mismo tiempo que ella, deglutes con dificultad: caes sobre el cuerpo desnudo de Aura, sobre sus brazos abiertos, extendidos de un extremo al otro de la cama, igual que el Cristo negro que cuelga del muro con su faldón de seda escarlata, sus rodillas abiertas, su costado herido, su corona de brezos montada sobre la peluca negra, enmarañada, entreverada con lentejuela de plata. Aura se abrirá como un altar.

Murmuras el nombre de Aura al oído de Aura. Sientes los brazos llenos de la mujer contra tu espalda. Escuchas su voz tibia en tu oreja:

—¿Me querrás siempre?

—Siempre, Aura, te amaré para siempre.

—¿Siempre? ¿Me lo juras?

—Te lo juro.

—¿Aunque envejezca? ¿Aunque pierda mi belleza? ¿Aunque tenga el pelo blanco?

—Siempre, mi amor, siempre.

—¿Aunque muera, Felipe? ¿Me amarás siempre, aunque muera?

—Siempre, siempre. Te lo juro. Nada puede separarme de ti.

—Ven, Felipe, ven...

Buscas, al despertar, la espalda de Aura y sólo tocas esa almohada, caliente aún, y las sábanas blancas que te envuelven.

Murmuras de nuevo su nombre.

Abres los ojos: la ves sonriendo, de pie, al pie de la cama, pero sin mirarte a ti. La ves caminar lentamente hacia ese rincón de la recámara, sentarse en el suelo, colocar los brazos sobre las rodillas negras que emergen de la oscuridad que tú tratas de penetrar, acariciar la mano arrugada que se adelanta del fondo de la oscuridad cada vez más clara: a los pies de la anciana señora Consuelo, que está sentada en ese sillón que tú notas por primera vez: la señora Consuelo que te sonríe, cabeceando, que te sonríe junto con Aura que mueve la cabeza al mismo tiempo que la vieja: las dos te sonríen, te agradecen. Recostado, sin voluntad, piensas que la vieja ha estado todo el tiempo en la recámara;

recuerdas sus movimientos, su voz, su danza,
por más que te digas que no ha estado allí.

Las dos se levantarán a un tiempo, Consuelo de

la silla, Aura del piso. Las dos te darán la espalda, caminarán pausadamente hacia la puerta que comunica con la recámara de la anciana, pasarán juntas al cuarto donde tiemblan las luces colocadas frente a las imágenes, cerrarán la puerta detrás de ellas, te dejarán dormir en la cama de Aura.

5

Duermes cansado, insatisfecho. Ya en el sueño sentiste esa vaga melancolía, esa opresión en el diafragma, esa tristeza que no se deja apresar por tu imaginación. Dueño de la recámara de Aura, duermes en la soledad, lejos del cuerpo que creerás haber poseído.

Al despertar, buscas otra presencia en el cuarto y sabes que no es la de Aura la que te inquieta, sino la doble presencia de algo que fue engendrado la noche pasada. Te llevas las manos a las sienes, tratando de calmar tus sentidos en desarreglo: esa tristeza vencida te insinúa, en voz baja, en el recuerdo inasible de la premonición, que buscas tu otra mitad, que la concepción estéril de la noche pasada engendró tu propio doble.

Y ya no piensas, porque existen cosas más fuertes que la imaginación: la costumbre que te obliga a levantarte, buscar un baño anexo a esa recámara, no encontrarlo, salir restregándote los párpados, subir al segundo piso saboreando la acidez pastosa de la lengua, entrar a tu recámara acariciándote las mejillas de cerdas revueltas, dejar correr las llaves de la tina e introducirte en el agua tibia, dejarte ir, no pensar más.

Y cuando te estés secando, recordarás a la vieja y a la joven que te sonrieron, abrazadas, antes de salir juntas, abrazadas: te repites que siempre, cuando están juntas, hacen exactamente lo mismo: se abrazan, sonríen, comen, hablan, entran, salen, al mismo tiempo, como si una imitara a la otra, como si de la voluntad de una dependiese la existencia de la otra. Te cortas ligeramente la mejilla, pensando estas cosas mientras te afeitas; haces un esfuerzo para dominarte. Terminas tu aseo contando los objetos del botiquín, los frascos y tubos que trajo de la casa de huéspedes el criado al que nunca has visto: murmuras los nombres de esos objetos, los tocas, lees las indicaciones de uso y contenido, pronuncias la marca de fábrica, prendido a esos objetos para olvidar lo otro, lo otro sin nombre, sin marca, sin consistencia racional. ¿Qué espera de ti Aura?, acabas por preguntarte, cerrando de un golpe el botiquín. ¿Qué quiere?

Te contesta el ritmo sordo de esa campana que

se pasea a lo largo del corredor, advirtiéndote que el desayuno está listo. Caminas, con el pecho desnudo, a la puerta: al abrirla, encuentras a Aura: será Aura, porque viste la tafeta verde de siempre, aunque un velo verdoso oculte sus facciones. Tomas con la mano la muñeca de la mujer, esa muñeca delgada, que tiembla...

—El desayuno está listo... —te dirá con la voz más baja que has escuchado...

—Aura. Basta ya de engaños.

—¿Engaños?

—Dime si la señora Consuelo te impide salir, hacer tu vida; ¿por qué ha de estar presente cuando tú y yo...?; dime que te irás conmigo en cuanto...

—¿Irnos? ¿A dónde?

—Afuera, al mundo. A vivir juntos. No puedes sentirte encadenada para siempre a tu tía... ¿Por qué esa devoción? ¿Tanto la quieres?

—Quererla...

—Sí; ¿por qué te has de sacrificar así?

—¿Quererla? Ella me quiere a mí. Ella se sacrifica por mí.

—Pero es una mujer vieja, casi un cadáver; tú no puedes...

—Ella tiene más vida que yo. Sí, es vieja, es repulsiva... Felipe, no quiero volver... no quiero ser como ella... otra...

—Trata de enterrarte en vida. Tienes que renacer, Aura...

—Hay que morir antes de renacer... No. No entiendes. Olvida, Felipe; tenme confianza.

—Si me explicaras...

—Tenme confianza. Ella va a salir hoy todo el día...

—¿Ella?

—Sí; la otra.

—¿Va a salir? Pero si nunca...

—Sí, a veces sale. Hace un gran esfuerzo y sale. Hoy va a salir. Todo el día... Tú y yo podemos...

—¿Irnos?

—Si quieres...

—No, quizá todavía no. Estoy contratado para un trabajo... Cuando termine el trabajo, entonces sí...

—Ah, sí. Ella va a salir todo el día. Podemos hacer algo...

—¿Qué?

—Te espero esta noche en la recámara de mi tía. Te espero como siempre.

Te dará la espalda, se irá tocando esa campana, como los leprosos que con ella pregonan su cercanía, advierten a los incautos: «Aléjate, aléjate». Tú te pones la camisa y el saco, sigues el ruido espaciado de la campana que se dirige, enfrente de ti, hacia el comedor; dejas de escucharlo al entrar a la sala: viene hacia ti, jorobada, sostenida por un báculo nudoso, la viuda de Llorente, que sale del comedor, pequeña, arrugada, vestida con ese traje blanco, ese velo de gasa teñida, rasgada, pasa a tu lado sin mirarte, sonándose con un pañuelo, sonándose y escupiendo continuamente, murmurando:

—Hoy·no estaré en la casa, señor Montero. Confío en su trabajo. Adelante usted. Las memorias de mi esposo deben ser publicadas.

Se alejará, pisando los tapetes con sus pequeños pies de muñeca antigua, apoyada en ese bastón, escupiendo, estornudando como si quisiera expulsar algo de sus vías respiratorias, de sus pulmones congestionados. Tú tienes la voluntad de no seguirla con la mirada; dominas la curiosidad que sientes ante ese traje de novia amarillento, extraído del fondo del viejo baúl que está en la recámara...

Apenas pruebas el café negro y frío que te espera en el comedor. Permaneces una hora sentado en la vieja y alta silla ojival, fumando, esperando los ruidos que nunca llegan, hasta tener la seguridad de que la anciana ha salido de la casa y no podrá sorprenderte. Porque en el puño, apretada, tienes desde hace una hora la llave del arcón y ahora te diriges, sin hacer ruido, a la sala, al vestíbulo donde

53

esperas quince minutos más —tu reloj te lo dirá— con el oído pegado a la puerta de doña Consuelo, la puerta que en seguida empujas levemente, hasta distinguir, detrás de la red de araña de esas luces devotas, la cama vacía, revuelta, sobre la que la coneja roe sus zanahorias crudas: la cama siempre rociada de migajas que ahora tocas, como si creyeras que la pequeñísima anciana pudiese estar escondida entre los pliegues de las sábanas.

Caminas hasta el baúl colocado en el rincón; pisas la cola de una de esas ratas que chilla, se escapa de la opresión de tu suela, corre a dar aviso a las demás ratas cuando tu mano acerca la llave de cobre a la chapa pesada, enmohecida, que rechina cuando introduces la llave, apartas el candado, levantas la tapa y escuchas el ruido de los goznes enmohecidos. Sustraes el tercer folio —cinta roja— de las memorias y al levantarlo encuentras esas fotografías viejas, duras, comidas por los bordes, que también tomas, sin verlas, apretando todo el tesoro contra tu pecho, huyendo sigilosamente, sin cerrar siquiera el baúl, olvidando el hambre de las ratas, para traspasar el umbral, cerrar la puerta, recargarte contra la pared del vestíbulo, respirar normalmente, subir a tu cuarto.

Allí leerás los nuevos papeles, la continuación, las fechas de un siglo en agonía. El general Llorente habla con su lenguaje más florido de la personalidad de Eugenia de Montijo, vierte todo su respeto hacia la figura de Napoleón el Pequeño, exhuma su retórica más marcial para anunciar·la guerra franco-prusiana, llena páginas de dolor ante la derrota, arenga a los hombres de honor contra el monstruo republicano, ve en el general Boulanger un rayo de esperanza, suspira por México, siente que en el caso Dreyfus el honor —siempre el honor— del ejército ha vuelto a imponerse... Las hojas amarillas se quiebran bajo tu tacto; ya no las respetas, ya sólo buscas la nueva aparición de la mujer de ojos verdes: «Sé por qué lloras a veces, Consuelo. No te he podido dar hijos, a ti, que irradias la vida...» Y después: «Consuelo, no tientes a Dios. Debemos conformarnos. ¿No te basta mi cariño? Yo sé que me amas; lo siento. No te pido conformidad, porque ello sería ofenderte. Te pido, tan sólo, que veas en ese gran amor que dices tenerme algo suficiente, algo que pueda llenarnos a los dos sin necesidad de recurrir a la imaginación enfermiza...» Y en otra página: «Le advertí a Consuelo que esos brebajes no sirven para nada. Ella insiste en cultivar sus propias plantas en el jardín. Dice que no se engaña. Las hierbas no la fertilizarán en el cuerpo, pero sí en el alma...» Más tarde: «La encontré delirante, abrazada a la almohada. Gritaba:

"Sí, sí, sí, he podido: la he encarnado; puedo convocarla, puedo darle vida con mi vida." Tuve que llamar al médico. Me dijo que no podría calmarla, precisamente porque ella estaba bajo el efecto de narcóticos, no de excitantes...» Y al fin: «Hoy la descubrí, en la madrugada, caminando sola y descalza a lo largo de los pasillos. Quise detenerla. Pasó sin mirarme, pero sus palabras iban dirigidas a mí. "No me detengas —dijo—; voy hacia mi juventud, mi juventud viene hacia mí. Entra ya, está en el jardín, ya llega"... Consuelo, pobre Consuelo... Consuelo, también el demonio fue un ángel, antes...»

No habrá más. Allí terminan la memorias del general Llorente: *Consuelo, le démon aussi était un ange, avant...*

Y detrás de la última hoja, los retratos. El retrato de ese caballero anciano, vestido de militar: la vieja fotografía con las letras en una esquina: *Moulin, Protographe, 35 Boulevard Haussmann* y la fecha 1894. Y la fotografía de Aura: de Aura con sus ojos verdes, su pelo negro recogido en bucles, reclinada sobre esa columna dórica, con el paisaje pintado al fondo: el paisaje de Lorelei en el Rin, el traje abotonado hasta el cuello, el pañuelo en una mano, el polisón: Aura y la fecha 1876, escrita con tinta blanca, y detrás, sobre el cartón doblado del daguerrotipo, esa letra de araña: *Fait pour notre dixième anniversaire de mariage,* y la firma, con la misma letra, *Consuelo Llorente.* Verás, en la tercera foto, a Aura en compañía del viejo, ahora vestido de paisano, sentados ambos en una banca, en un jardín. La foto se ha borrado un poco: Aura no se verá tan joven como en la primera fotografía, pero es ella, es él, es... eres tú.

Pegas esas fotografías a tus ojos, las levantas hacia el tragaluz: tapas con una mano la barba blanca del general Llorente, lo imaginas con el pelo negro y siempre te encuentras, borrado, perdido, olvidado, pero tú, tú, tú.

La cabeza te da vueltas inundada por el ritmo de ese vals lejano que suple la vista, el tacto, el olor de plantas húmedas y perfumadas: caes agotado sobre la cama, te tocas los pómulos, los ojos, la nariz, como si temieras que una mano invisible te hubiese arrancado la máscara que has llevado durante veintisiete años: esas facciones de goma y cartón que durante un cuarto de siglo han cubierto tu verdadera faz, tu rostro antiguo, el que tuviste antes y habías olvidado. Escondes la cara en la almohada, tratando de impedir que el aire te arranque las facciones que son tuyas, que quieres para ti. Permaneces con la cara hundida en la almohada, con los ojos abiertos detrás de la almohada, esperando lo que ha de venir, lo que no podrás impedir. No volverás a mirar tu reloj, ese objeto inservible que mide falsamente un tiempo acordado a la vanidad humana, esas manecillas que marcan tediosamente las largas horas inventadas para engañar el verdadero tiempo, el tiempo que corre con la velocidad insultante, mortal, que ningún reloj puede medir. Una vida, un siglo, cincuenta años: ya no te será posible imaginar esas medidas mentirosas, ya no te será posible tomar entre las manos ese polvo sin cuerpo.

Cuando te separes de la almohada, encontrarás una oscuridad mayor alrededor de ti. Habrá caído la noche.

Habrá caído la noche. Correrán, detrás de los vidrios altos, las nubes negras, veloces, que rasgan la luz opaca que se empeña en evaporarlas y asomar su redondez pálida y sonriente. Se asomará la luna, antes de que el vapor oscuro vuelva a empañarla.

Tú ya no esperarás. Ya no consultarás tu reloj. Descenderás rápidamente los peldaños que te alejan de esa celda donde habrán quedado regados los viejos papeles, los daguerrotipos desteñidos; descenderás al pasillo, te detendrás frente a la puerta de la señora Consuelo, escucharás tu propia voz, sorda, transformada después de tantas horas de silencio:

—Aura...

Repetirás: —Aura...

Entrarás a la recámara. Las luces de las veladoras se habrán extinguido. Recordarás que la vieja ha estado ausente todo el día y que la cera se habrá consumido, sin la atención de esa mujer devota. Avanzarás en la oscuridad, hacia la cama. Repetirás:

—Aura...

Y escucharás el leve crujido de la tafeta sobre los edredones, la segunda respiración que acompaña la tuya: alargarás la mano para tocar la bata verde de Aura; escucharás la voz de Aura:

—No... no me toques... Acuéstate a mi lado...

Tocarás el filo de la cama, levantarás las piernas y permanecerás inmóvil, recostado. No podrás evitar un temblor.

—Ella puede regresar en cualquier momento...

—Ella ya no regresará.

—¿Nunca?

—Estoy agotada. Ella ya se agotó. Nunca he podido mantenerla a mi lado más de tres días.

—Aura...

Querrás acercar tu mano a los senos de Aura. Ella te dará la espalda: lo sabrás por la nueva distancia de su voz.

—No... No me toques...

—Aura... te amo.

—Sí, me amas. Me amarás siempre dijiste ayer...

—Te amaré siempre. No puedo vivir sin tus besos, sin tu cuerpo...

—Bésame el rostro; sólo el rostro.

Acercarás tus labios a la cabeza reclinada junto a la tuya, acariciarás otra vez el pelo largo de Aura: tomarás violentamente a la mujer endeble por los hombros, sin escuchar su queja aguda; le arrancarás la bata de tafeta, la abrazarás, la sentirás desnuda, pequeña y perdida en tu abrazo, sin fuerzas, no harás caso de su resistencia gemida, de su llanto impotente, besarás la piel del rostro sin pensar, sin distinguir: tocarás esos senos flácidos cuando la luz penetre suavemente y te sorprenda, te obligue a apartar la cara, buscar la rendija del muro por donde comienza a entrar la luz de la luna, ese resquicio abierto por los ratones, ese ojo de la pared que deja filtrar la luz plateada que cae sobre el pelo blanco de Aura, sobre el rostro desgajado, compuesto de capas de cebolla, pálido, seco y arrugado como una ciruela cocida: apartarás tus labios de los labios sin carne que has estado besando, de las encías sin dientes que se abren ante ti: verás bajo la luz de la luna el cuerpo desnudo de la vieja, de la señora Consuelo, flojo, rasgado, pequeño y antiguo, temblando ligeramente porque tú lo tocas, tú lo amas, tú has regresado también...

Hundirás tu cabeza, tus ojos abiertos, en el pelo plateado de Consuelo, la mujer que volverá a abrazarte cuando la luna pase, tea tapada por las nubes, los oculte a ambos, se lleve en el aire, por algún tiempo, la memoria de la juventud, la memoria encarnada.

—Volverá, Felipe, la traeremos juntos. Deja que recupere fuerzas y la haré regresar...

Títulos de la colección:

Λura forma parte de la colección de relatos titula-
da *Cuerpos y ofrendas*, número 421 de la colección
«El Libro de Bolsillo» de Alianza Editorial.

Otros títulos del autor en Alianza Editorial:

Cuerpos y ofrendas (LB 421)